clara delgado

nasceu em 1994, em Belo Horizonte. É letrista e poeta, graduada em Letras pela UFMG. Em 2021, lançou o *antes da palavra*, seu primeiro álbum de canções autorais e inéditas, feitas em parceria com o compositor Flávio Henrique. *Arranjos vazios para letras cheias* é o seu primeiro livro.

FOTO: DOLORES ORANGE

ARRANJOS VAZIOS PARA LETRAS CHEIAS

clara delgado

editora Urutau
primeira edição
2022

O —

editora Urutau

avenida peirao besada, 6 - 2D
36163 poio-pontevedra
(espanha)

rua cajus, 478
jardim das cerejeiras, cotia — sp
brasil
06724-015

[+55] 11 94859 2426 [brasil]
[+34] 644 951 354 [galiza]

www.editoraurutau.com.br
contato@editoraurutau.com.br

[EDITORES]
tiago fabris rendelli & wladimir vaz
[COORDENAÇÃO DE REVISÃO]
debora ribeiro rendelli
[REVISÃO]
luciana quintão
[DIAGRAMAÇÃO]
victor h. azevedo
[CAPA]
victor h. azevedo, sobre fotografia de dan gold

dados internacionais de catalogação na publicação (CIP) de acordo com ISBD

delgado, clara
D352a arranjos vazios para letras cheias / clara delgado. — cotia : urutau, 2022. 64 p. ; 14m x 19,5cm.

ISBN 978-65-5900-276-4

1. literatura brasileira. 2. poesia. I. título.

CDD 869.1
2022-1623 CDU 821.134.3(81)-1

elaborado por vagner rodolfo da silva — CRB-8/9410

sumário

DRAMATURGIA DA MULHER

Agradeço a Dolores Orange e Carolina Fenati
pela delicadeza precisa
no olhar e
ao verso

O espaço
onde os passos deitam
o novo que o vazio alça
o pássaro inócuo
o oco do corpo

É quase um verso

UNIDADES DE MEDIDA

à falsa ardência dos ossos

Se falássemos todos a língua
interna, aquela
e fizéssemos parar a dor
plástica da pele
ouviríamos
o sermão dos ossos
saberíamos
a peleja dos pilares

para falar de pássaros

Engulo um bocado de ar
para na goela a deglutição
dos leves e dos fortes

Uma estrada e uma morte
laringe faringe garganta
pássaros voando acima para alçar
alturas e poeira
Olho as redes
porque o corpo não cabe
nos nós dos pescadores

Para falar de pássaros mareio
os olhos de asas
ar e mar são mais do que rimas
soltas na garganta

arapuca

Há quem diga que olhar
é ver a coisa morrer

A noite costuma contar seus segredos
sob o tecido, seu corpo puído
pelos olhos de quem está ausente

Imagina a caça
e teme
ser tocada com olhos de tocaia

Os olhos estão para a escuridão
como as mãos estão para o amor

jamais desfazer o laço daquelas pontes

Destruímos os sonhos das pedras
selvagens que um dia fomos

Mordam nossa carne perfurem
a camada de terra perdida
regressem à data e aos templos do chão batido
vermelho de vivo vermelho de volta

Faltam os elos do mundo
aqueles que nos ligam
ao aço e ao concreto
de nossas indústrias

Carreguem as pedras das minas
as toras da madeira
as plantas de um verde frio
o cadáver de nossos pássaros

Morreremos na próxima esquina
como Pompeia como pedra
presa no tempo

na claridade

A forma é a mesma
do animal minúsculo
e ainda não sabe

Ele ousa
uma projeção dilatada
demora num feixe
para deparar-se no susto
de ver sua sombra

Causa agonia, o bicho

àlgebra do descobrimento

As curvas do corpo
sobre o vidro
e sobre a água

O peso dos lençóis
sobre a retina
e sobre a cama

A camada azul
dos azulejos
e do ozônio

Um ponto coeso
e o seu entorno
a mão sobre o dorso

um poema deixando de existir bem aqui

Para sabê-lo, você terá que estudar
meus dedos meus pés
depois o tamanho dos seios
dos olhos

Te dizendo num futuro bem aqui
(se eu ainda puder te contar)
vou percebendo a prata e o gesto
vou deixando uma letra ser
depois da outra e outra e outra
finjo que não perco os fios
finjo que criei fios

Minhas palmas têm marcas
tecem pano tecido amanhã
usam talvez um barco ou um mar
usam a flor mais inusitadamente
do que a barra da calça a porta de madeira
do armário branco
a janela aberta o frio nas pernas
um corte no dedo que disfarço
como um corte na boca
tem gosto de sangue

tem gosto de sangue na boca
do metal do ferro do furo da rosa
e do vinho

Na mesa descansando
um pouco longe um pouco mornas
ainda as peras
cansadas talvez comidas talvez

*

Podemos manejar as ruínas
o vento será ainda o vento

Podemos manejar as ruínas
o pó das nossas mãos

Podemos manejar as ruínas
o verso será ainda o verso

linho

O ar imóvel recebe a chuva
um tapa de luva
cetim branco céu escolhendo a cor

O ar a dança da água o fado
cantando a sua língua

Flameja o linho colado
no corpo em tempestade

A relva ouriçada
do braço o colo o bico
dos seios a saboneteira a linha
do umbigo a pelve na pele fria
um sinal de nascença

Chovia

casa

Para nada mais há a casa
do que ser
a forma interna
das árvores dos pássaros
dos mares dos peixes

grão de tijolo

O bicho e a forma da casa
a destruição das paredes
e as mãos que despencam
no gesto um quase resto
E se reerguer?

O tijolo nas retinas
a asa dos pássaros
a voz da manhã a infância
e o som das brocas

Ao despencar
caia
como as asas
das aves
se debatem ao vento — só assim
se debate ao vento

Quando foi que nas aves
se ergueu a pena do voo
e o pó das ruínas?

*

A voz assume o corpo
como o osso assume a pedra
como o som assume o dorso
da língua estrangeira

NOÇÕES DE CANÇÃO

silêncio

Para Zé Miguel Wisnik

Da explosão primeira
herdamos a cadência
para que o susto se dê

Temos o abismo no corpo
como a onda do mar
que quara água em espuma
e agita o sal de suas cristas:
nosso nascimento

É como som
que na ausência pontua
desde dentro, compressões
e descompressões
oscilações de abismo

Aprendemos o barulhismo
a condução das ondas
do pavilhão à membrana
de nossos tímpanos
ainda nos falta aprender
com o som a perder o temor
do silêncio que o extingue

dobra possível

Pode ser que tenha outra
forma de escrever a letra
o traço mais preciso
na melodia
os estágios do nascimento
da canção

Quando todas as músicas
viram uma massa arfante de ar
param de chegar aos ouvidos
a música morre porque não diz

Até que a mão rasgue a massa
triture a morte devore a sílaba
inaudível
torne letra o que era pó

teatrinho

Acordei em uma valsa
esperando telefonemas
abrindo armários perdendo roupas
vendo o pássaro pênsil
tropeçando nos sapatos
um teatrinho meia-boca
ao pé de taças vazias

Poderia a boca
cantar a letra conjurar as cenas
desse roteiro mas o vizinho
escuta música nova em alto volume
(o que fizemos do mundo romântico?
um teatrinho quase cafona)

Conjuro forças no apartamento
a vitrola a capa do disco
o urubu quase pássaro quase pendular
a mancha oracular no tapete

Sim
querida
nos interessa tudo o que tenha

a faculdade de voar
garrafas de vinho
urubus um *eu te amo* dito ontem à noite
cantarolado
nos interessam as propriedades
de salvamentos o fim dos naufrágios letras de música
nos interessam as máquinas fotográficas
do novo mundo instantâneos de luz
nos interessam as promessas e umas mentiras
me revelando que tantas fiz
talvez querendo a outra cena
um teatrinho excitado
o *flash* em sua boca roxa
pelo vinho
eu trago o cigarro

depois do traço

Sobra como uma nota
há outras que sobram mais
como tingir uma página de vermelho
e ver os pontos brancos e quietos
na margem colher a sobra

Ver o nada de onde partir
a dobra sobre a letra
e o que se revela nessas gretas

Um lume de cor nova reflete
a marca no corpo: grafar nem que seja
no efêmero de uma retina solitária
quando pisca a pálpebra quando lança
mão do vermelho guardado

Os pontos brancos já sumiram
de tão quietos ficaram
a margem preenchida
as lacunas vazias de cor
e as mãos paradas

feito a fenda

O vale de entidades mortas
está mais próximo da ideia de precipício
do que as montanhas

Um vale de súbito
rasgo na terra por uma forte faca
olhos abismados
arrepio na relva da pele

Não caia do corpo
ou acompanhará os ares do oco
a pedra do fim
sentirá o rasgo do ar no pulmão
sua fumaça podre

Veja as curvas finas das mãos
que a vida enrijeceu
Recorde as proporções e escala
das escadas dos elevadores da terra

O arrepio aponta o pulso
por veias quase esquecidas
para recordar que

a música do vale abre a fenda
acorda um músculo vocal
toca um canto abafado

terceira margem

Para Flávio Henrique

I

A canção em outra margem
continua dizendo aos ouvidos
que o corpo é outra coisa
e comprovou seus dizeres
em algum lugar que não na poesia

A morte do corpo te levou aonde?

II

Você não iria querer que eu mexesse
nisso e calasse tantas outras formas
de te ouvir você não iria querer
que a canção estivesse na outra margem
ou que o sobressalto
que me acorda fosse movido
pela perda

III

Nada inventa a canção — você disse

Tamanha a beleza das coisas que ronda
e se condensa nas pétalas
e nas linhas

IV

Você embasbacado ao pé da cama
me acordava urgentemente e queria
que eu interpretasse meu susto
é só um salto do lugar da canção
por que na outra margem?
salte para perto dela — você disse
e ela te dará
uma palavra e uma nota
seguidas de uma noite

sua boca falava

A distância que cabia
o cheiro

Meu olfato se ocupava
me esperava dormir

Eu me resguardava
na realidade da cama
na temperatura da nudez
palidamente penetrada pela
luz entre cortinas

Provávamos um gosto
meio velho

O lastro do som as palavras
e gestos da minha música
bagunçavam sua cabeça

Separei de você melodia
e letra
duas coisas na história
das coisas

Você teria que trabalhar
mais tarde
o caderno em branco
as prateleiras postas à consulta
das mãos

Antes no quarto escuro leríamos
conheceríamos
os espectros turvos dos corpos
curvas saltando pelas
frestas
do lençol onde eu deitaria
minha coluna erguida pela
sua margem côncava

Um corte
e acabaram-se as canções
de meias palavras

matéria

Faço da cama
o caminho das horas paradas no sono
até que me acordem melodias
pedras macias no meio do caminho

Atribuo às pedras o valor das coisas
que moram há muito tempo na Terra
atribuo a elas o valor do som
e da matéria de que são feitas
pelo corpo das pedras rolaram águas
e toda matéria guarda das águas a fluidez

Deixo que as melodias me acordem
recolho uma a uma no caminho da cama
cantarolo baixo para não quebrar o silêncio da noite
quero que ela adormeça ao som das melodias
enquanto acordo versos de pedras macias

brasa

A nota acesa na ponta em brasa
sumia no apartamento e em nosso silêncio
aquela nota eu não poderia esconder
minha voz não soava em nenhum acorde

Eram permitidas as frases
que não morressem queimadas:
o que agride o corpo, vive o corpo

Desistimos um pouco
quando acendemos esse cigarro
quando emito uma nota dissonante

*

As canções usam a mesma técnica que você:
abrem os botões
para dar à vida
o nome que ela tem

* * *

DRAMATURGIA DA MULHER

*

A medida
entre a demora e o pouso

São muitos os gestos
que nos fazem encostar a boca

nossa gravidade

Versejar o peso das coisas
para trazê-las consigo
talheres copos de vidro pratos de cerâmica

Elas perdem o peso assim

As coisas
que esquecemos
porque não se guardam
coisas deixadas largadas
debaixo da sola dos sapatos
pisadas inteiras
porque são inteiras

Num relance
vi seus sapatos
minhas solas
coisas nossas
e parei de pisar distraída

Sentia o sob das solas
as protuberâncias do chão
as coisas versejadas

coisas nossas
pisadas inteiras
porque são inteiras

dedos rápidos

Você entrou roubando o espaço
e era só um apartamento

A falta de móveis e o excesso de madeira
do piso das cadeiras da cama
te davam mais o que roubar
e me fizeram achar que você combina
com o marrom

Nem um toque
mas muitos gestos ocupam tanto espaço
Você cabe em quintais maiores
               é que o dedo mindinho do seu pé esquerdo
dança e dançar ocupa
Seu fio ocupa uma imensidão parecida
e não me sufoca nem me aperta nem me toca
               gostaria que tocasse

Você já percebeu que não gosto
de dançar
e que me movo menos
                                        bem menos
você diria: dedos rápidos

A tarde que passamos deitadas no chão
fez um buraco um pouco mais fundo
do que os passos da dança na tábua
mais fundo do que o assunto
e minhas unhas de dedos rápidos
deixaram uns arranhões no sinteco
às vezes passo o olho neles

Não sei se você percebeu a dança
das pernas entrelaçadas
uma dança
dançada por segundos até que elas
encontrassem o espaço e o tamanho
depois parassem intactas em x
ou quase um x ou quase uma linha só

Dava para sentir o cheiro de café da sua boca
e essa cena tinha ficado intocada na minha memória
até agora
Resolvi remexê-la
a cena que me lembro
sempre que me lembro de você
você me disse na beira da janela da antena
de TV desconjuntada do outro prédio
e da tinta descascando na parede do prédio
duas cores creme e coral
parece que dividimos tudo e toda em duas
parece que nunca percebi
você não me deu muitas dicas mas disse

com todas as letras
(quando te ouvi
retirei do alfabeto cada vogal
que não me interessava)
o alfabeto inteiro e extenso
        um cardápio
para a fome que me couber no momento
        me coube uma fome gorda e pesada
te coube pouca comida
nossas deglutições são duas
        a água em dois copos
        a água na jarra é uma só
mas bebemos água nos copos
o café em duas xícaras

Todas as vezes que tento escrever
duas
acabo digitando suas
e apago
gosto de digitar mais do que de dançar
e imagino você andando e dançando
enquanto eu digito
e nessa hora poderíamos ser duas
duas sem suas ou minhas
duas mulheres concentradas e atentas
sem a mistura sem mesmo o toque
conhecendo o que o corpo de cada uma
de nós duas conhece
        às vezes um gesto uma pintura e algumas cores

às vezes um gesto e umas letras do alfabeto
sempre nossos gestos
de uma e de uma
sem a palavra outra
porque não cabe no momento
cabem duas e suas
duas e suas
suas e duras
dura sem durar

Eu percebi quando você abriu seus cadernos
no chão da sala
os desenhos de pés e pernas e mãos
(você teria desenhado nossas pernas
entrelaçadas em x?)

Quando eu toquei o papel e o grafite deixou
meu dedo cinza
eu acabei não te dizendo
mas raramente consigo tocar as coisas
sem gostar profundamente

da boca

É quase bom te ter distante
uma folha um chá uma cadeira
são uma memória que me acompanha
e as lágrimas secam
com o tempo as lágrimas secam
não é preciso vento
mas, sim, o ar
e deitar na cama ao seu lado vazio
mostra ao universo uma igualdade
Seria o corpo uma estrela?

Te entrego ainda assim um copo
e uma água
você bebe da água, amor

Essa coisa de alcançar-te pela boca
pode ser apenas
para alcançar a minha boca
chupar um lago
ou uma água e tornar os lábios
do tamanho das bordas
esquivas da natureza

teatro de formigas

Me esqueci como se começam poemas

Cigarros na cama, pensei, é uma narrativa
despencando sobre a cabeça, parada
em minhas mãos

A fumaça vazando da boca
me levava àquela segunda-feira

Mais abaixo da gente
formigas comiam em um teatro
o corpo mole da castanha
comiam nossos olhos
à distância

O toque e a sua correspondência
interromperam a cena no chão

Eram as formigas que nos assistiam

uma mulher

Algumas palavras em sua boca têm som
de palavras de criança estrela e montanha
sua língua tem movimento químico
radar esférico lambe
a linha da clavícula a concavidade do umbigo
também capta feromônios

Ela devora
devora tudo

à noite

Num sonho que tive
as mulheres beijavam
aproximei-me de você
atenuando o rosto na sombra

Esqueci de dizer meu nome
você me chamava os olhos
disparei a beijar com eles fechados

Um clarão
minha boca parou
no lugar mais perto

O segredo
é que você não apareceria

salsugem

A imagem e a cor da sua roupa
desbotadas debaixo
da minha mão
por cima, um lençol com
as pontas esgarçado passados dias
e dias cobrindo nós duas
nosso cheiro
que não se renovava mais
algumas cinzas do meu cigarro
e a saliva incontida
na sua boca suamos
para preencher a pele
e mais alguns baldes da casa
Se você queria que eu esperasse pacientemente
que a água voltasse? Queria que a água fosse
fonte de um canal fino e desembocasse
embaixo do cheiro e na boca
empoçasse o umbigo
era o meu umbigo que empoçava
até que você desistia de apostar que a
água voltaria às 2:55 com suas certidões
de pressa e a cada instante
em meu umbigo fazia

uma poça ainda maior
Eu bebi aquela água uma e duas vezes
até que você disse que ela
não tinha o lastro do canal fino
era da pele um resquício
não partia de fenda ou fosso
ou fonte — aquela água
salobra e transparente era rapidamente
chupada pelo lençol
amarrotava se secava em alguns minutos
que você dizia ser dez
Eu não contava medidas do tempo
contava as palavras que você poupava
elas secavam a poça
vinha o silêncio e em seguida
o som da rua

anteparo

Te engano em dizer
se somos simbiose
ou se temos a concha
protetora dos nossos arredores
Repara na semelhança
da sua pele com a minha
ela se mexe com o corpo
e ganha tempo

Insisto nas veias na idade dos anos
e na sabedoria às vezes ligeira
de querer das conchas
um fino casco
Insisto na rotina em saber o eixo
da coluna
e ganhar do pão o alimento
das células
todas as vezes que a pele parece
um abrigo frágil ao tempo

Conheço meus arredores pela pele
e faço-me crer que das conchas
herdei apenas o *dentro*

matilde

Te dou espaço
a medida do quarto vazio
para que receba o que te dou

Me encosto no canto
nossos joelhos fraquejam

Os meus, *eu* sinto
os seus, *eu* vejo

Não é nada como a grandeza
ou a sutileza das pálpebras

São nossos joelhos
no quarto vazio

rec

Quando li seu poema em voz alta
mudei um verso — parei

(tropeçar na rua
não nos faz olhar
para trás?
achar o pedaço
culpado do chão)

Voltei logo ao verso seguinte

Ouvi a gravação
e para sempre
a pedra cravada
na minha voz
ao ler a sua

tudo bem, obrigada

Uma forma de vida como eu
repara um corte no contorno
das entranhas
Como é um corpo dentro?
Um coração
que repara as formas da dor
e ignora o fim de ano
a família a ceia de natal
Um indivíduo que sela
contratos e assina a papelada
assimila a ponta
afiada que espeta
e se entrega a ela
no outro dia amanhece bem, obrigada

Abre uma porta
da mesma forma que espera
o sorriso de alguém na cama
espera o corpo
e desvenda por um milésimo
de segundo o segredo
como se nascesse
o que já existe ou como se projetasse

que uma criança nasce de instantes similares
por maneiras de amor distintas
por indivíduos dispostos ou catastróficos
Não, obrigada,
já tem gente demais nesse mundo

Amanhã posso acordar só
e tudo bem, obrigada
Podemos tomar um café
com queijo e goiabada
em peças de cerâmica finas
e quebráveis
Você espera
que minha casa seja um refúgio
nessa cidade que não é a sua
Mas espere, uma forma de vida
como eu, repara um corte
em como você parte
em como você toma café e se despede

perguntei por você

Você vê nas dobras
as planícies e me faz dobrar o corpo
retirar o sumo com seu cheiro
que se espalha na palma

Me disse por uma voz quase para dentro
um nome e uma casca

Uma pele junto a outra
pode facilmente deixar de estar
guardamos uma ponta de amanhã entre elas

De uma parte a outra
nos separamos pela ponte erguida
uma construção do nosso porte
a camada sobre águas cobre
feitos e fendas

Faço uma festa contida
nesses lugares

para ver o coração

Se sentires a garganta maior que o corpo
é porque estás cansada
dizem
o coração pulsa na garganta
e todas as vezes que ficaste ofegante
que correste na cidade
que perdeste a condução
dos trilhos enlameados
fizeste tuas pernas baterem
no coração da garganta
e todas as vezes que me deixaste ofegante
me lembrei depois de tua garganta
o antes da boca
de teu coração
nervoso
e de teu cansaço

■ primeira edição
■ julho de 2022